주름살 임금님과 명랑소녀 미피티

고 정 욱 편역

Original story by
Warren Timms

Illustrated by
Elena Strikhar

도서출판 명주

주름살 임금님은 한 번도 웃은 적이 없어요.

왕자가 마법에 걸려 청개구리가 되었기 때문이죠.

눈썹과 눈썹 사이에 주름살이 펴지질 않아요.

경치 좋은 발코니에 나와 있어도 짜증이 나요.

고양이와 파랑새가 재롱을 피워도 소용이 없어요.

나이든 시종장 제이슨이 조심스레

말했어요.

"임금님, 성을 대청소하시면

기분이 좋아지실 겁니다."

"과연 그럴까?"

"미피티라는 소녀가 청소를 잘한다고

소문이 났습니다."

애완 고양이도 미피티를 알아요.

"미피티는 동물의 친구야옹!"

명랑소녀 미피티는 청소가 취미랍니다.

동물 친구들도 기쁘게 도와줘요.

"랄랄라 랄랄라!

청소는 즐거워.

마음이 밝아져요.

청소는 내 친구."

미피티 입에서 노래가 절로 나와요.

미피티의 친구인 청개구리 왕자.

이제는 연못에 살아요.

마법이 풀렸지만 성으로 돌아가지

않아요.

"개굴개굴!

연못은 나의 집

괴팍한 아버지 임금님

안 봐도 되니까

인생은 즐거워!"

노랑나비 스위티도 미피티 친구지요.

꽃들에게 음악을 선사하는 노랑나비.

사람들에게 기쁨을 주는 예쁜 나비죠.

"음악 없는 인생은

오아시스 없는 사막이라네."

그리고 멋쟁이 백마 페가소스.

흰 털빛이 주변을 환하게 만들어요.

미피티가 움직이면 언제건 달려와서

태워주지요.

"나는야 빛보다 빠른 페가소스

날개만 있다면 완벽하지

어디든 날아갈 테니까!"

성에서 심부름꾼이 찾아왔어요.

"미피티야. 임금님께서 네가 성에 와서

청소해주길 바라신다."

"어머, 그게 정말이세요?"

미피티는 조금 놀랐어요.

친구들도 입을 딱 벌려요.

하지만 임금님의 부탁이니 미피티는

기꺼이 승낙했어요.

"임금님이 부르셨어. 어서 가야지."

미피티는 콧노래 부르며 달려가요.

동물 친구들도 함께 가지요.

성으로 올라가는 3,459개 계단을

날아갈듯 뛰어올라가요.

"미피티, 어떻게 나보다 빠른 거야?"

페가소스가 못 따라갈 정도로 미피티는 신이 났어요.

임금님을 기쁘게 해드릴 생각뿐이에요.

그런데 이게 어쩐 일이죠?

임금님은 미피티를 보자마자 인상을 썼어요.

"나는 개구리를 싫어해!

왕자가 집나간 지 오래야!

북을 치고 노래하는 것도 싫어해!

말은 내 성 안에 들어올 수 없어!"

대걸레나 양동이는 지저분하다고 치우래요.

아무것도 가져오지 말라는 거예요.

임금님의 이마에는 여느 때보다

굵은 주름살이 졌어요.

미피티는 임금님을 설득하기로 했어요.

"임금님. 제가 청소를 해드리면 마음이

밝아지실 거예요."

"나는 밝은 게 뭔지 모른다."

"한 번만 제가 하자는 대로 해보세요. 분명⋯."

"감히 나를 가르치려는 게냐?"

임금님은 고집불통이었어요.

이 장면을 시종장 제이슨은 안타깝게 바라봤어요.

성 안의 사람들 모두 조마조마했어요.

임금님의 주름살은 더 깊어졌어요.

왕관만 번쩍거릴 뿐이에요.

미피티의 눈에 눈물이 고여요.

도우려 왔다가 꾸지람만 들었으니까요.

"죄송합니다. 잠시 화장실 좀 다녀올게요."

미피티는 스위티와 함께 한숨을 내쉬어요.

어떻게 하면 성을 깨끗이 해서

임금님을 기쁘게 할까 고민해요.

한 시간, 두 시간…

아무리 생각해도 방법이 떠오르지 않아요.

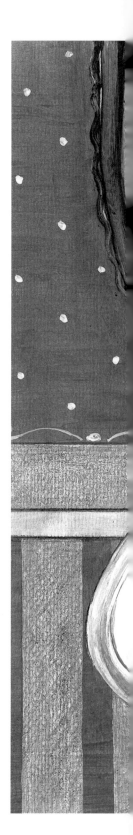

참고 기다리던 임금님은 화가 폭발했어요.

"쓸데없는 소녀를 불러 왔구나."

화가 난 임금님의 주름살은 점점 진해져요.

"당장 쫓아내라! 아니, 붙잡아다 혼을 내라!"

마침내 불호령이 떨어졌어요.

임금님의 호통은 무서웠지만

미피티는 당당하게 말했어요.

"이 성은 뭔가 문제가 있어요.

왕자님처럼 임금님도 마법에 걸린 게 분명해요.

나쁜 기운을 제가 몰아내 드린다구요.

청소만 하시면 되는데…."

미피티의 설득에도 임금님은

꿈쩍하지 않아요.

"필요 없다!

당장 쫓아내라!

어서 끌어내라!"

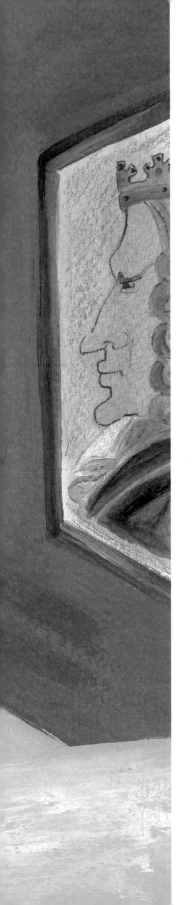

"임금님의 추방 명령이다."

시종들이 달려와 미피티를 잡아가요.

벽에 걸린 왕의 아버지와 할아버지도

인상을 쓰고 있어요.

보다 못한 미피티의 친구

지혜로운 청개구리 왕자가 나섰어요.

연못에서 오느라 이제 도착했거든요.

"개굴! 아버지, 정신 차리세요!"

그만 임금님의 머리 위에 올라앉아 버렸어요.

쨍그랑!

임금님의 보석 박힌 왕관이 땅바닥에 떨어져

나뒹굴었어요.

"아이쿠머니나!"

임금님은 깜짝 놀랐어요.

그 뒤의 일은 말로 설명할 수가 없어요.

"이게 어떻게 된 일이냐?"

성 안은 온통 난장판이 벌어졌어요.

청개구리 왕자가 말했어요.

"아버지! 그동안 마법에 걸리셨던 거예요."

왕관이 벗겨지자 임금님은 제정신으로 돌아왔어요.

마녀가 선물한 화분도 시들어서 고개를 숙였어요.

청개구리 왕자는 펄쩍 뛰며 외쳤어요.

"이제 됐어! 그동안 저 왕관과 꽃에서 나오는

향기가 아버지 웃음을 빼앗아 간 거야."

임금님 눈썹 사이 주름살이 사라졌어요.

갑자기 인자한 얼굴이 된 거예요.

마녀가 마법을 걸어둔 꽃은

그대로 시들어 버렸어요.

시종들과 성 안에 있는 모든 사람들이

기뻐 춤을 췄어요.

"미피티와 친구들이 나를 구해 주었구나.

청소를 부탁해도 될까?"

"네, 임금님. 청소를 하면 기분이

좋아진답니다."

"그래, 고맙다. 네가 나를 치료해 주었으니

무엇을 선물로 줄까?"

"저는 그런 거 필요 없답니다."

마법이 풀린 왕관이 임금님 머리 위에서

번쩍였어요.

"아니다. 내가 늘 소중하게 끼고 있는

이 반지를 너에게 주겠다."

임금님은 그동안 외로웠어요.

"나를 구해준 네가 나중에 이 왕국을

잘 다스려 주기 바란다.

반지 낀 멋진 여왕이 되어다오."

성 안의 모든 사람들이 기뻐했어요.

시종들의 모자를 북 삼아 스위티가

아름다운 음악을 연주했어요.

"쿵짝쿵짝! 쿵짝짝!"

그날은 미피티에게 가장 보람찬 하루였어요.

하루 종일 청소를 마친 미피티는

집으로 돌아가요.

임금님의 성은 물론 완전히 깨끗해졌답니다.

주름살 임금님은 이 세상에 없어요.

백성들을 사랑하고 아끼는

착한 임금님만 있을 뿐이죠.

물론 미피티가 용기 있게 나서서

이렇게 되었다는 건 비밀이랍니다.

두려워 마세요!

코로나 때문인지 요즘 학교에 강연을 가보면 어린이들이 자기 주장을 잘 못합니다. 퀴즈를 맞혀보라고 해도 머뭇머뭇, 손을 들라고 하면 주저주저. 왜 그러냐고 물어보면 틀릴까 봐 그렇답니다. 정답이 아닐까 봐 그렇답니다.

엄밀히 따지면 이 세상에 정답은 없습니다. 그러니 틀릴 일도 없지요. 있다면 나의 생각, 나의 주장이 있을 뿐이에요. 요즘 어린이들에게 자기 주장과 자기 생각이 부족하다고 느꼈습니다. 용기도 많이 필요하다고 생각하는데 마침 이 책을 만났습니다.

원저자인 워렌 팀스 작가님은 용기 있고 발랄한 미피티라는 어린이를 주인공으로 영어 동화를 썼습니다. 처음에는 번역을 하려고 했는데 영어 말놀이의 맛을 우리말로 제대로 옮기는 게 불가능했어요. 그래서 주인공만 살려 새로운 작품을 만들기로 결심했습니다. 다행스럽게도 화가인 엘레나 선생님의 그림이 귀엽고 발랄했어요. 그걸 보면서 나만의 스토리를 짜내기가 쉬웠습니다.

용기 없고 소심한 아이들이 이 작품의 주인공 미피티와 친구들처럼 할 말을 당당하게 하고 용기를 키웠으면 좋겠습니다. 자신이 옳다고 믿는 것이라면 임금님 앞에서도 절대로 굽히지 않는 옹골찬 어린이들이 되기 바랍니다.

2024년 겨울, 북한산 기슭에서
고정욱

번역 및 각색 _ 고정욱

어린이 청소년 도서 부문의 최강 필자 가운데 한 사람입니다. 성균관대학교 국문과와 대학원을 졸업한 문학박사이기도 합니다. 소아마비로 인해 중증 장애를 갖게 되었지만 각종 사회활동으로 장애인이 차별받지 않는 세상을 만들기 위해 노력하고 있습니다. 문화일보 신춘문예에 단편소설이 당선되어 작가가 되었고, 장애인을 소재로 한 동화를 많이 발표해 새로운 장르를 개척했다는 평가를 받습니다.

《아주 특별한 우리 형》,《안내견, 탄실이》,《네 손가락의 피아니스트》,《까칠한 재석이 시리즈》등이 대표적인 작품입니다.《소년 독립군이 되다》,《가족은 나의 힘》등의 작품 350여 편을 발간했습니다. 특히《가방 들어주는 아이》는 과거 MBC 느낌표의 '책책책, 책을 읽읍시다' 선정 도서이며 초등학교 교과서에도 실려 있습니다.

연락처 : kingkkojang@hanmail.net
유튜브 : 고정욱TV

원 저자 _ Warren Timms

교육자이자 철학자로 세계 여러 나라를 여행하였고 세계 평화와 어린이들의 인권문제에 관심이 많습니다. 창작 영어 스토리북〈Rhyme English Series〉 33권을 집필하였습니다. 인하공업전문대학 영어 전담교수를 역임하였고, 현재는 스페인에 거주하고 있습니다.

그림작가 _ Elena Strikhar

엘레나는 러시아에서 태어나 2살 때 처음으로 복도에 벽화를 그린 이후로 그림에 대한 열정을 가지고 살아왔습니다.
현재 아들 케이시와 거북이 한 마리와 함께 조지아주 애틀랜타 근처에 살고 있습니다.

초판 1쇄 인쇄 | 2024년 1월 25일
초판 1쇄 발행 | 2024년 1월 30일

원작 | Warren Timms
번역 및 각색 | 고정욱
그림 | Elena Strikhar
펴낸이 | 김영대
펴낸곳 | 도서출판 명주
출판등록 | 2011년 7월 20일(제 301-2013-083)
주소 | 서울특별시 강동구 천중로42길 45 2층
전화 | 02-485-1988
팩스 | 02-485-1488
ISBN 978-89-6985-023-2 03810

정가 14,000원

미피티와 친구들, 임금님을
잘라내어 책 앞쪽에 있는
성을 배경으로 인형놀이를
해 보아요!